ANALYSE

DU

MÉGHA-DOÛTAH.

ANALYSE

DU

MÉGHA-DOÛTAH,

POÈME SANSKRIT DE KÂLIDÂSA,

Par A. L. CHÉZY.

A PARIS,

DE L'IMPRIMERIE ROYALE.

1817.

ANALYSE

DU

MÉGHA-DOÛTAH. *

L'Inde, pendant des siècles, ne nous a été connue que sous le rapport de ses inépuisables richesses. Les mines précieuses enfouies dans son sol, les rares végétaux qui en embellissent la surface, voilà les seules

---

* मेघदूत: Thé Mégah-Doûtah, or Cloud messenger : a poem, in the sanscrit language; by Câlidâsa : translated into english verse, with notes and illustrations; by *Horace Hayman Wilson*, Assistant Surgeon in the Service of the Honorable East India Company, and Secretary to the Asiatic Society : published under the sanction of the College of Fort-William. *Calcutta, 1813.* — Le Nuage messager, poème sanskrit de Kâlidâsa, le texte et la traduction en vers anglais, avec notes et éclaircissemens ; par *H. H. Wilson*, Aide-chirurgien au service de la Compagnie des Indes, et Secrétaire de la Société Asiatique : publié avec l'approbation du collége de Fort-William. *Calcutta, 1813; grand* in-4.º *de 119 pages.*

Nota. Il a été fait une réimpression de cet ouvrage sans le texte, à Londres, en 1814, *in-8.º* de 175 pages. Prix, 7 shellings.

productions qu'alloient y chercher des hommes dominés par la soif de l'or : s'enrichir étoit le but unique qu'ils se proposoient d'atteindre dans leurs voyages lointains. Mais, depuis qu'une société choisie d'hommes éclairés, animée par un plus noble motif, a mis tous ses soins à explorer le pays sous un point de vue littéraire, l'Inde s'est placée au rang des contrées les plus intéressantes à connoître et les plus dignes d'exciter la curiosité du monde savant. En effet, plus on acquiert de connoissances dans la littérature de ce peuple, plus on se familiarise avec la tournure de son esprit ; plus on se convainc que, dans ces belles contrées, la nature ne s'est pas moins plue à favoriser l'homme lui-même que le sol heureux qu'il habite ; et bientôt l'on s'apperçoit que les diamans sans nombre que celui-ci recèle, étincellent de moins de feux que la brillante imagination des chantres inspirés du Gange (1).

Parmi ceux-ci, l'auteur du *Mégha-doûtah*, Kâlidâsa, mérite sans contredit d'occuper une des premières

---

(1) Si, en parlant ici du génie des Indiens, nous ne le laissons entrevoir que sous le point de vue de l'imagination, c'est que l'ouvrage qui nous occupe est entièrement du ressort de cette faculté : mais il ne faut pas croire que ce soit la seule dans laquelle ils excellent ; et leurs nombreux traités de métaphysique, de philosophie, de morale, &c., prouvent qu'ils n'ont pas cultivé avec moins d'ardeur les diverses branches des connoissances humaines qui sont plus particulièrement du domaine de la raison.

places, tant par la grâce de ses compositions que par l'élégance de son style et la douceur de sa poésie. Et ce jugement, ses propres contemporains l'avoient porté de lui, en le plaçant au nombre des *neuf perles* qui faisoient l'ornement de la cour de Vicramâditya. C'est ainsi que vers le même temps, sous le ciel de l'Égypte, Callimaque formoit une des plus belles étoiles de la célèbre *pléiade* des Ptolémées (1).

Notre poète, déjà connu de tous les gens de goût par son charmant drame de *Sakountalâ*, si délicatement traduit par W. Jones, se montre aussi bon

---

(1) Nous n'ignorons pas que, suivant l'opinion de quelques gens de lettres, et particulièrement celle de M. Bentley, qui, sans aucune preuve raisonnable, semble avoir pris à tâche de vouloir *moderniser* tout ce qui a rapport à l'histoire ancienne de l'Inde, l'âge de Kâlidâsa seroit beaucoup plus rapproché de nous. Mais, jusqu'à ce qu'il nous soit clairement démontré que le Vicramâditya dont ce grand poète étoit le contemporain, n'est effectivement que le Râdjâ Vicrama qui vivoit dans le XII.ᵉ siècle de notre ère, qu'il nous soit permis de partager l'opinion de l'illustre Jones, qui le place à la cour de Vicramâditya, souverain qui florissoit environ un siècle avant l'ère chrétienne, et dont le règne glorieux a servi aux Indiens pour fixer l'origine de l'une des ères dont ils se servent aujourd'hui.

Kâlidâsa, l'un des poètes les plus estimés des Indiens, a composé, outre le *Mégha-doûtah*, un grand nombre d'autres ouvrages dont nous possédons la majeure partie parmi les manuscrits sanskrits de la Bibliothèque du Roi. Les plus peintre de la nature dans ce petit poème, qui rentre tout-à-fait dans le genre de l'élégie. Nous ne dissimulerons pas cependant que, si l'on y trouve quelquefois tout l'abandon, toute la sensibilité de Tibulle, on est plus souvent fâché d'y rencontrer, comme dans Properce, une sorte d'affectation à y faire briller son savoir; affectation qui laisse l'auteur trop à découvert et refroidit l'intérêt. Si le poète latin péche par trop de détails mythologiques, le chantre de l'Inde arrête trop long-temps son lecteur sur un nombre infini de descriptions géographiques qui, malgré l'art avec

---

célèbres sont le drame de *Sakountalâ ;* un autre drame intitulé *Ourvasî,* nom de l'une des nymphes du *Swerga* (le paradis d'Indra); une comédie très-courte sous le titre de *Hasyârnava* [Océan des railleries] (c'est une satire qui renferme quelques traits assez plaisans, mais noyés dans un grand nombre d'autres d'assez mauvais goût); le *Raghou-vansa* [la race de Raghou], l'un des plus anciens rois de l'Inde, sorte de poème épique ; le *Koumâra-sambhâva,* c'est-à-dire, la naissance de Koumâra, le dieu de la guerre, poème rempli d'allusions à la mythologie, et par cela même très-difficile à entendre ; et un petit poème sur les saisons, intitulé *Ritou-samhâra,* dont W. Jones a publié le texte sans traduction en caractères bengalis, à Calcutta, en 1792. M. Wilson, dans sa préface, cite encore trois autres ouvrages du même auteur, qui nous sont inconnus ; savoir : le *Sringâra Tilaca* et le *Prasnottara mâla,* deux poèmes érotiques de peu d'étendue, et un petit traité en vers sur la prosodie, intitulé *Srouta Bodha.*

lequel il a cherché à en sauver la sécheresse, causent une espèce d'impatience qui en décèle le défaut.

Remarquons cependant que ce défaut, qui dépare un peu l'ouvrage jugé poétiquement, sera racheté, aux yeux du savant, par l'utilité dont lui seront ces petites digressions, où il trouvera la position relative d'un assez grand nombre de lieux célèbres souvent cités dans les auteurs; et ajoutons que M. Wilson, dans les notes pleines de goût et de savoir qui accompagnent sa traduction, a levé, en grande partie, les difficultés inséparables d'un pareil sujet, soit en donnant la position précise de la plupart des lieux mêmes dont le poète fait mention, soit en montrant l'identité de leur ancienne dénomination avec celle qu'ils ont actuellement.

Mais, ces détails ne pouvant intéresser qu'un très-petit nombre de lecteurs, et ceux-ci ayant la facilité de les puiser dans l'ouvrage même, notre intention n'est pas de nous y arrêter, et nous nous contenterons de donner une idée générale de l'ouvrage, sous le point de vue de son mérite purement poétique.

La fable en est d'une simplicité charmante, et puisée dans ce monde enchanté, dans ces régions sublimes, où, entourée de songes rians, et mollement bercée sur ses ailes dorées, l'imagination aime à s'égarer dans le vague du subtil éther ; monde idéal et fantastique que l'Indien, ami des fables, a peut-être créé, et qu'il s'est plu à peupler des êtres les plus gracieux et les plus séduisans.

Un Yakcha (1), esprit céleste du nombre de ceux qui forment la cour de Kouvera (2), et à la garde duquel étoit confié le soin des superbes jardins de cette divinité puissante, y laisse entrer par mégarde l'éléphant d'Indra (3), qui y cause un dommage affreux. Le dieu, dans sa colère, bannit de sa présence le gardien négligent, et le condamne à un exil de douze mois sur une horrible montagne, loin d'une épouse chérie, et privé des plaisirs de toute espèce dont il jouissoit au sein de la voluptueuse *Alakâ* (4), ville charmante où Kouvera avoit établi son séjour.

---

(1) Les *Yakchas* forment une classe de demi-dieux; ils ont peu d'attributs particuliers, et ils sont regardés seulement comme les compagnons ou serviteurs de Kouvera, le dieu des richesses. Ils ont pour compagnes les *Apsaras*, ou nymphes célestes, attachées à la cour d'Indra. L'épouse de notre exilé n'étoit probablement qu'une de ces nymphes.

(2) Kouvera, le Plutus indien; il possède neuf trésors inestimables. Sa capitale est située sur le mont *Kailasa*, et habitée par les *Yakchas*, les *Kinnaras* et autres divinités inférieures.

(3) Indra, dont le pouvoir s'étend particulièrement sur le monde sublunaire, offre plus d'un rapport avec Jupiter tonnant : il est censé avoir pour monture un éléphant énorme connu sous le nom de *Eiravata*.

(4) Capitale de Kouvera, située, selon la mythologie, sur le Kailasa, montagne fabuleuse, entièrement formée

Huit mortels mois se sont déjà écoulés avec une lenteur désespérante, lorsqu'un jour, à l'époque de la saison des pluies, un nuage orageux s'élève de derrière la montagne où languissoit le malheureux exilé, et, poussé par les vents, prend sa direction vers Alakâ. A cette vue, sa douleur se réveille avec plus de violence, et, ne pouvant plus la contenir dans son sein, il apostrophe le nuage lui-même et lui adresse la parole comme il l'eût fait à un ami compatissant ; et cela par un mouvement bien naturel, remarque le poëte : car quel est le malheureux qui, privé de la société d'un être sensible, ne s'adresse au premier objet qu'il rencontre, et ne cherche, en lui confiant ses peines, à soulager sa douleur !

Il lui fait une offrande de fleurs, cherche à s'attirer sa bienveillance par les plus magnifiques éloges, où la pompe des épithètes n'est pas ménagée, et lui indique la direction qu'il doit tenir pour se rendre à Alakâ ; ensuite il lui fait une légère description des principaux lieux par où il doit passer, des montagnes couvertes de bois touffus et odorans où il pourra s'arrêter, des fleuves propres à renouveler les pertes qu'il auroit essuyées par le souffle des vents, des plaines où il devra au contraire verser une partie des trésors de son sein, pour procurer à leurs aimables

---

de cristaux et de pierres précieuses, et qui est censée faire partie de la chaîne d'*Himâlaya.*

habitans, fatigués de la chaleur, une douce fraîcheur depuis long-temps attendue : mais c'est particulièrement Oudjaïn qu'il recommande à ses attentions délicates ; cependant il craint en même temps que, séduit par les attraits irrésistibles, par les regards pleins de feu des jeunes beautés qui habitent cette ville enchanteresse, il n'oublie sa promesse, et il le conjure de ne pas s'y arrêter trop long-temps (1).

Il lui indique encore différentes haltes qui fournissent au poète le sujet de plusieurs petits tableaux charmans des mœurs et des coutumes des Indiens, et un grand nombre d'allusions à la mythologie, et il termine enfin cet itinéraire poétique par la description d'Alakâ.

Comme cette ville est l'objet principal vers lequel doit se diriger l'attention du lecteur, c'est aussi dans la peinture qu'il en fait, que le poète a déployé toutes les ressources de son art. Son récit est plus animé, ses couleurs plus vives ; et il sembleroit qu'Arioste n'a fait qu'hériter de ses pinceaux dans sa magnifique description du séjour voluptueux d'Alcine.

---

(1) Il est aisé de reconnoître dans ces éloges l'intention du poète, quand on sait qu'il résidoit lui-même à *Oudjaynî* [aujourd'hui *Oudjaïn*], l'une des sept villes sacrées dans l'esprit des Indiens, et l'antique capitale des états de Vicramâditya, son illustre patron. Cette ville fait maintenant partie des possessions de la famille du célèbre chef des Mahrattes, Sindia.

Ce ne sont que palais merveilleux, dont les hautes murailles, tout étincelantes de lumière, se perdent dans les nues; une musique céleste s'y fait continuellement entendre; l'air y est tout parfum; chaque goutte de rosée est un diamant. Des chœurs de jeunes nymphes, dont tout le travail est de se parer, l'unique occupation de chercher à plaire, dispersées çà et là dans des bocages odorans, tendent mille piéges aux jeunes imprudens qui arrêtent sur elles leurs regards. Ici l'or, les pierres précieuses, entremêlés avec art aux plus rares coquillages, embellissent des grottes magiques dont les reflets se jouent en mille manières sur un lac d'azur, doucement agité sous les plumes du cygne; là, de mystérieux ombrages recèlent en vain, vers le soir, les scènes les plus voluptueuses. Au lever de l'aurore, des guirlandes flétries et tombées sur l'herbe, les tiges des fleurs brisées et foulées, les perles nouvellement détachées des ceintures élégantes et disséminées sur la verdure, révèlent au jour les secrets de la nuit: tout enfin, dans ce tableau achevé dont nous ne traçons ici qu'une esquisse légère, respire la féerie et la volupté; et nous ne croyons pas que l'on trouvât beaucoup de poètes qui l'emportassent dans ce genre sur Kâlidâsa. Ce genre n'est cependant pas celui vers lequel la nature de son talent incline davantage; et où il paroît sur-tout exceller, c'est dans l'expression des sentimens qui demandent de la sensibilité et du naturel: aussi la partie la plus attachante de ce petit poëme est celle où l'infortuné Yakcha fait au nuage le portrait de son épouse délaissée, et lui dépeint la situation de son ame : on croiroit lire une des plus belles héroïdes d'Ovide.

Non content de lui avoir donné le moyen de reconnoître Alakâ, il entre dans quelques détails particuliers pour lui désigner d'une manière précise l'emplacement de l'habitation de sa bien-aimée. C'est un petit bois formé des arbustes les plus rares (1) ; près de son palais est une fontaine dont les degrés sont revêtus d'émeraudes ; en face, s'élève une colonne d'or sur une base de cristal..... &c. Tels sont, ajoute-t-il, les principaux signes où tu reconnoîtras ma demeure. Mais, de grâce, quand tu en approcheras, garde-toi de conserver cette taille gigantesque, semblable à celle d'un éléphant furieux, de peur d'effrayer ma bien-aimée : apparois-lui, au contraire, sous une forme légère et déliée, et ne conserve de tes éclairs que des lueurs douces et gracieuses, semblables à ces étincelles fugitives dont, pendant les nuits d'automne,

---

(1) Nous ne pouvons nous empêcher de faire remarquer ici un trait charmant de délicatesse de la part du poëte. Parmi les arbres que le jeune Yakcha nomme au nuage, il y en a deux, le *késara* et l'*asoka*, qui fleurissent, dit-on, à l'approche et au toucher d'une femme ; et l'exilé, par un sentiment de jalousie, les lui dépeint comme des rivaux dont il envie le bonheur.

une nuée de mouches brillantes sillonnent les ténèbres.
dans leur vol incertain (1).

Là, sur sa couche solitaire, languit la plus belle des
femmes, l'ouvrage le plus accompli du créateur ; tu la
reconnoîtras aisément à l'élégance de ses formes, à la
délicatesse de ses traits. La perle la plus pure a moins
d'éclat que l'émail de ses dents ; l'incarnat de ses lèvres
efface celui du *Bimba* (2) nouvellement coloré par les
feux du soleil ; et son regard timide est plus doux que
celui de la jeune gazelle.

---

(1) On peut aisément se figurer l'effet enchanteur que
doit produire, par une nuit d'automne, cette foule de
mouches luisantes, en se croisant de mille et mille manières
dans leur vol au milieu des ténèbres. Nos vers luisans,
presque immobiles, et rampant seulement dans l'herbe, ne
nous en donnent qu'une bien foible idée. La poésie, qui
ne laisse rien échapper de tout ce que la nature lui présente,
soit de terrible, soit de gracieux, pour en enrichir son vaste
domaine, n'a pas manqué de s'emparer de cette image, et
les poètes indiens font de fréquentes allusions à ce phéno-
mène. Une des plus heureuses que j'en aie jamais rencon-
trées, se trouve dans le VI.ᵉ livre du *Râmâyana* [le livre des
Combats], où Vâlmîki, décrivant une horrible mêlée,
compare à ces mouches luisantes les flèches lancées de part
et d'autre, et dont les ailes d'or étincellent, par intervalles,
à travers une nuée de poussière excitée par le mouvement
rapide des chars et le trépignement des chevaux.

(2) Le *Bimba* [*Bryonia grandis*] porte un fruit rouge
auquel les lèvres sont ordinairement comparées.

Mais, que dis-je ? accablée de mon absence (ah ! je connois tout son amour pour moi), cette moitié de mon ame, cette autre partie de moi-même, passe ses jours dans la douleur ; d'abondantes larmes gonflent ses paupières fatiguées ; ses lèvres si fraîches sont desséchées par le feu de ses soupirs : je la vois, la tête douloureusement appuyée sur sa main languissante ; j'aperçois ce front, autrefois si serein, voilé par la *tresse du veuvage* (1) ; je crois l'entendre s'entretenir avec sa fidèle *Sarikâ* (2) de la fin prochaine de mon exil. Hélas ! c'est en vain que, dans l'espoir de tromper sa douleur, ses doigts gracieux se promènent sur son luth pour accompagner un chant destiné à célébrer la gloire de notre race ; les cordes, humectées par ses pleurs, refusent de produire aucun son.

Cependant, si, touchée de ses peines, quelque divinité bienfaisante avoit fait couler dans ses membres le baume du sommeil, ah ! garde-toi de l'interrompre ; retiens la voix de ton tonnerre, qui, peut-être, l'arracheroit à un songe flatteur. Mais, au moment de

---

(1) Les femmes indiennes, à la mort de leurs époux, rassemblent, en signe de douleur, leurs longs cheveux en une seule tresse, qui se nomme *véni.*

(2) Nom d'un oiseau parleur *(gracula religiosa)* dont les femmes indiennes s'amusent beaucoup, et qui joue un grand rôle dans les contes indiens.

son réveil, murmure-lui doucement ces mots conso-
lateurs :

« Reconnois en moi, ô femme adorée, l'ami et le
» messager de celui qui ne vit que pour toi. Ce n'est
» pas en vain, tu le sais, que l'épouse délaissée voit
» mon approche (1) ; et, au bruit de mon tonnerre,
» elle conçoit l'espoir que la tresse de l'absence ne
» tardera pas à se dénouer.

» Ton ami, quoique séparé de toi par l'imprécation
» de Kouvera, est toujours présent par la pensée dans
» les lieux que tu habites. Ton image chérie, combien
» de fois ne l'a-t-il pas tracée sur les arides rochers qui
» l'entourent ! mais autant de fois elle a été effacée par
» ses larmes amères. Dans chaque objet gracieux que
» lui offre la nature, il cherche à t'appercevoir. La liane
» flexible lui représente la souplesse de ta taille ; la
» lumière argentée de la lune, la blancheur de ton
» teint ; le lotus azuré, la douceur de ton regard. Mais
» chacun de ces objets ne possède qu'une partie de tes
» charmes ; toi seule réunis dans ta personne tous les

---

(1) Le commencement de la saison des pluies se fait
sentir, aux Indes, d'une manière délicieuse, à cause de
l'agréable fraîcheur que l'on y goûte à cette époque, après
des chaleurs étouffantes. C'est alors que le voyageur éloi-
gné aime à se remettre en route pour revenir au sein de ses
amis et de sa famille : aussi cette saison fournit-elle aux
poètes de fréquentes allusions au retour d'amis long-temps

» genres de beautés : ses soupirs répondent à tes sou-
»pirs, ses pleurs à tes pleurs. Rien n'égale ses regrets,
» rien n'égale son amour..... &c. &c. »

Le reste de ce morceau, éminemment élégiaque, continue sur le même ton; et, en le terminant, le jeune Yakcha dit au nuage :

« Puisse le destin, en récompense du service que » j'attends de ton amitié, car tu me le rendras sans » doute, toi qui ne refuses pas au passereau (1) qui » t'implore les gouttes vivifiantes de la rosée; puisse » le destin, moins cruel envers toi, ne jamais te déro- » ber aux enlacemens de ta brillante compagne (2) ! »

Cependant le dieu des richesses, profondément ému de cette plainte touchante qui, à l'insu du jeune Yakcha, a retenti à son oreille, abrége le temps marqué pour son exil; et les deux amans, de nouveau réunis, ne regardent bientôt que comme un songe les longs tourmens qu'ils ont soufferts (3).

---

(1) Le passereau (en sanskrit *tchâtaka*) ne se désaltère, dit-on, qu'avec l'eau qui tombe des nuages au moment même de la pluie. M. Wilson croit que cet oiseau est une espèce de coucou *(cuculus radiatus)*. J'ai vu quelque part le mot *tchâtaka* exprimé en persan par le mot *goundjouchk*, qui est notre moineau.

(2) C'est-à-dire, l'éclair *Vidyout* dans le texte.

(3) Il est digne de remarque que cette conclusion, à partir du mot *cependant*, et qui forme la dernière stance du poème dans le texte imprimé, ne se trouve dans aucun

Tel est le plan et la marche de ce petit poëme, qui, sauf les légers défauts que nous avons indiqués plus haut, nous semble parfait dans son genre. Le goût du poète se décèle jusque dans le rhythme dont il a fait choix; il tient le milieu entre le grave et le léger, et la coupe du vers est plus agréable que celle du vers héroïque, je veux dire celui que les poètes indiens emploient d'ordinaire dans leurs grandes compositions, et dont les Pourânas, le Mahâbhârata et le Râmâyana nous offrent le modèle. On n'y trouve point non plus de ces monosyllabes oiseux qui ne servent véritablement qu'à soutenir la versification, et dont les poésies de Vyâsa et de Vâlmîki ne sont pas plus exemptes que celles d'Homère.

Le vers de Kâlidâsa se compose d'un molosse, d'un dactyle, d'un tribraque, de deux antibacquiques et d'un spondée ou d'un trochée, la dernière syllabe pouvant être longue ou brève à volonté, et appartient à l'espèce de mètre nommé *mandâkrantâ*, c'est-à-dire *à la marche lente;* dénomination exacte, puisqu'il présente dix longues sur sept brèves. Ce mètre est réglé tout-à-la fois et par le nombre et par la quantité;

---

des deux manuscrits du *Mégha-doûtah* que possède la Bibliothèque du Roi; l'un en caractères *déva-nâgaris*, n.° 114; l'autre en caractères *bengalis*, n.° 115. Au reste, ces deux manuscrits sont horriblement écrits, et défigurés par un nombre infini de fautes.

il est de plus *monoschématique*, et demande, par conséquent, que la stance soit composée de vers égaux et semblables. Mais, pour rendre ceci plus sensible par un exemple, qu'il nous soit permis de donner ici deux vers seulement de ce poème. Nous les tirerons de la stance 29.ᵉ (page 34 de l'édition de Calcutta). Ils sont relatifs à la description que l'infortuné Yakcha fait au nuage des attraits des jeunes femmes d'Oudjaïn. Les voici en caractères *déva-nâgaris*, suivis de leur transcription en caractères latins avec la *quantité* :

विद्युद्दामस्फुरणचकितैस्तत्रपौराङ्गनानां ।

लोलापाङ्गैर्यदिनरमसेलोचनैर्वञ्चितोसि ॥

Vidyoud-dâma-sphourana-tchakitéis tatra paurângganânâm

Lolâpânggéir yadi na ramasé lotchanéir vantchitosi

C'est-à-dire, aussi littéralement que possible :

« Si tu ne jouis des regards pleins de vivacité et
» d'expression des jeunes femmes (d'Oudjaïn), de ces
» regards où tremble et se joue la lueur de l'éclair,
» c'est en vain que tu existes (mot à mot, *tu es*
» *frustré*). »

Le Mégha-doûtah forme, dans l'original, cent seize stances, composées chacune de quatre vers de la même nature que ceux que nous venons de citer, et renferme, par conséquent, quatre cent soixante-quatre vers. M. Wilson en a fait entrer sept cent soixante-dix dans sa traduction, c'est-à-dire à peu près le double : mais il observe, dans son intéressante préface, que le nombre des syllabes du vers sanskrit est aussi à peu près le double de celles du vers anglais ; et il allègue, de plus, l'impossibilité de rendre dans une langue embarrassée par l'attirail incommode des prépositions et des auxiliaires, toute la concision du sanskrit, la langue du monde, sans contredit, qui possède cette qualité au degré le plus éminent. Cela est vrai : cependant nous sommes forcés d'avouer qu'en sa qualité de poète, et de poète très-élégant, il s'est permis tant de libertés dans sa traduction, qu'on ne peut y puiser que très-peu de secours pour l'intelligence du texte. Les notes savantes et pleines de goût dont il a accompagné sa traduction, donnent, il est vrai, comme nous l'avons déjà remarqué, des éclaircissemens précieux sur plusieurs points relatifs à la géographie et à la mythologie ; mais, à l'exception d'un très-petit nombre, elles se taisent sur les difficultés grammaticales dont ce poème est rempli. Nous ne pouvons assez regretter que ce travail, qui ne peut être exécuté qu'avec le secours des commentaires, et dont il étoit si facile à M. Wilson de s'acquitter, puisque, ainsi qu'il nous l'apprend lui-même, il en possède six sur ce poème, n'ait point été entrepris par ce littérateur distingué ; et que, tout en contribuant aux jouissances de l'homme de goût, il n'ait pas aussi cherché à faciliter le travail du savant studieux. C'est alors qu'on eût pu lui appliquer ce vers si connu d'Horace.

Omne tulit punctum qui miscuit utile dulci.

FIN.